O que enxerguei quando seus olhos ficaram opacos

Helena Cunha Di Ciero

Para Maria Eugênia, a minha rainha-mãe

Quando chegava uma visita em casa e minha mãe estava mal vestida, ela gritava do corredor:
– Fulano, você tem consciência da minha beleza?.
A visita estranhava a pergunta e dizia:
– Não entendi.
E ela respondia rindo:
– Se você tiver consciência da minha beleza, é isso que é importante. Posso aparecer até de pijama na sua frente. O importante é você ter consciência.

Este livro é sobre a consciência da beleza da minha mãe.
E também sobre a consciência da beleza de uma despedida.

agosto

Sete centímetros

Quando era pequena e alguém me fazia mal,
eu corria para te contar.
Para mim, você era gigante.
Uma das piores partes de crescer
foi perceber que não posso te defender.
E me senti minúscula.
Foi hoje mesmo, vi na médica que você
diminuiu sete centímetros.

Eu pensava assim:
"Como pode alguém tão grande dentro da gente
diminuir de tamanho por fora?".
Como pode?
Agora quem parece pequena é você.
E mesmo com meu amor gigante,
o tempo não para de correr.
Então te abracei feito quando eu era criança,
porque senti muito medo.
E você riu assim: "O que foi, minha filha?".

28 de janeiro

Ouvia o médico falar,
mas só entendia o nome da doença,
nada mais.
Nenhuma palavra conseguia tirar o eco daquela voz.
Voz que chega em mim toda madrugada,
repetidamente:
"Aproveite enquanto está tudo bem".
Daquele segundo em diante
tudo virou o anúncio do adeus.
Cada minuto valia muito.
"Aproveite enquanto está tudo bem."
Porém já não estava mais, desde aquela sexta-feira.
Ao abrir o envelope do exame ouvia
a melodia soberana da despedida.
A sala se encheu do som do velho cortejo fúnebre,
denso e silencioso
barulho do adeus.
Som que eu conhecia tão bem.
Não era um rasgar de papel.
Daquele dia em diante minha vida estaria rasgada.
Não sabia que lágrimas podiam sair em jatos.
Até então, elas só escorriam.
E se pudessem falar algo, seria: "Adeus, mãe.
Vou sentir tanta falta de você
que me falta o ar".

desde 28 de janeiro.

março

Box 13 e o despertar das cidades invisíveis

Eu estava exatamente no mesmo lugar
em que há dez anos estive.
Um corredor inundado de lágrima –
que eu achei que só continuava vivo
nas minhas piores saudades.
Mas não, estava tudo conservado:
barulhos iguais
cheiro igual
medo igual
sentimento igual.

Bastou pisar naquele box
às 7 da manhã
e tudo acordar outra vez:
assombração.

Sentimentos que são como cidades inundadas pela água
que quando a maré baixa revela ainda estarem lá.

Tem coisa que não passa nunca mais.
E nem sei mesmo
se devia passar.
São instantes eternos
internos.

Que antecedem as grandes transformações
como abrir a caixa de Pandora
ou a janela
e ver os segundos que anunciam uma tempestade.

O corredor que atravessei antes do meu filho nascer
Ou o corredor que atravessei com pressa para me
[despedir de
meu pai.
Agora o reencontro, para ver você.

Minutos que se suspendem anunciando
a força imperiosa de um rio
que atravessa dois lugares:
o antes e o depois.

O tempo e a saudade.

abril

Tudo começa sentando à beira da cama

"Tudo começa sentando à beira da cama e apoiando os pés no chão", disse a fisioterapeuta respiratória, enquanto segurava os ombros da senhora de 84 anos. Com as coxas, apoiava com firmeza o tronco flácido — aquele corpo que havia se esquecido de como se sentava. A filha olhava para aquele corpo que já tinha sido sua casa, enquanto a mãe fitava o nada, pescoço mole, olhos opacos.

Olhos que viam a neta, mas não a enxergavam. "Mamãe, a vovó me olha, mas não me enxerga", disse a neta na noite em que a avó saiu do hospital. "Eu sei, filhota, mas nós a enxergamos", respondeu a filha de 42 anos, engasgada, enquanto a cobria antes que ela adormecesse.

A filha de 42 anos agora se sentia mãe de duas crianças e de uma idosa, mas não se sentia mais filha de ninguém. Por isso, seus olhos andavam também opacos. Quando colocava as crianças na cama à noite, percebia que eram elas quem mereciam aquele olhar devotado, pois dela precisavam. E naqueles olhos encontrava algum brilho nos dias de tempestade. E por isso sentia culpa: dedicava mais tempo para as crianças do que para a filha de 84 anos, mesmo sabendo que havia uma deslealdade naquelas horas a mais, afinal, a mãe que tanto cuidou dela agora era sua filha e precisava de tanto carinho quanto as crianças.

Duas internações, dois meses, uma conta enorme de hospital. Um aluguel de cama hospitalar, com grade lateral para não cair, máscara para respirar, cadeira de rodas, chuveirinho de banheiro, cadeira de banho, lenços umedecidos, caixas de fralda e uma enfermeira ao lado da cama. Incrível como se acaba a vida de um jeito tão parecido como se começa. Mas, quando a mãe voltou para casa e não sabia nem onde estava, a filha de 42 anos ficou tão feliz com esses enxovais estranhos que encheu a casa de flores, para receber aquela velhinha apática que tinha roubado o lugar daquela mulher linda e vaidosa.

Aquela senhora tinha sido alguém que aos 42 anos resolveu ser mãe, numa época em que parir aos 42 era uma atitude inconsequente. Nos primeiros dias após o parto gostava de contar que se sentia a rainha-mãe, que mostrava a filha orgulhosa para as enfermeiras do hospital como quem exibe um prêmio. Muito leite, uma criança saudável, um prazer imenso em amar.

A filha, que se sentia uma menina de 42 anos, então se deu conta de que já era uma mulher de 42 anos, que tinha tido uma mãe que teve um prazer imenso em amar; por isso não perderia o prazer de amar essa mãe, ainda que ela parecesse um saco de batatas na mão da fisioterapeuta respiratória. Esta, segurando a velhinha, com o sorriso mais doce do mundo, olhava para a filha de 42 anos tentando acalmar seus olhos, que choravam como um bebê assustado e pediam pela mãe de volta: "Tudo começa sentando à beira da cama e apoiando os pés no chão".

E assim a filha acomodou aquela tristeza toda, mesmo sabendo que o tempo estava num terrível conta-gotas. Ela só se acalmou, pois seus olhos cruzaram com os da mãe e ela a reconheceu de novo. E ela soube que quando tudo acabasse, teria força para se sentar à beira da cama, por mais que também se sentisse um saco de batatas, pois ela tinha a quem imitar: a rainha-mãe. E também tinha as crianças para colocar na cama.

setembro

A vingança de Jocasta

— Filha, eu estava olhando, e acho que seu marido sempre teve uma quedinha por mim.

Quem não teria, mãe?

novembro

Willkomenn – a lanterna dos afogados

Seus pensamentos flutuavam
como peixes mortos num aquário sujo.
Ela dizia que queria ir para casa
embora estivesse lá.
Da areia eu a via entrar no fundo do mar
mas era eu quem me afogava.
Era a hora do crepúsculo.

A cada raro despertar
acendia uma esperança burra
que intoxicava minha lucidez.
Chamava amor.

Escrever é nadar.

fevereiro

Ainda é você

Eu disse: "Mãe, eu te amo".
E você respondeu: "Eu também, mas isso não importa, o
[importante
é que você esteja bem vestida".
Fiquei feliz.
Em algum lugar ainda era possível te reencontrar.

junho

Rasgo

A palavra órfã tem dois
acentos
Um que representa o corte
O outro, o eterno lamento.

julho

Compasso da falta

Paguei duas vezes a faxineira
Comprei quatro vezes o mesmo presente
Acordei todos os dias antes das cinco
Falta você em casa
Repetidamente
Assim como se repete
a palavra saudade
a cada batida no meu peito

agosto

Mourning

O coração estava tão pesado que explodiu
no meio do asfalto cinza
uma enorme poça de sangue
anunciava como um espelho
uma tela de cinema
com todas as dores refletidas
sob a luz do luar.
Em cada célula, uma saudade
uma conquista
uma perda
o nome de alguém
mas a lua teimosa, com seu brilho
iluminava aquele monte de líquido
que já nem parecia mais sangue
e sim algum fluido alquímico.
E o dia amanheceu outra vez
e toda a hemorragia da madrugada
evaporou

setembro

Tromba d'água

Em alguns momentos
quando me lembro
tudo fica suspenso
e deságua uma cachoeira
no buraco
da minha alma

Agora é a casa
onde você mora.

Um vazio entre tempo e espaço
e o relógio volta
como se fosse ontem
o que se passou há um mês.

Herança

Durante todos os dias
por um mês
vesti suas camisas
procurando seu perfume
achei uma saudade maciça
vestida em mim

Como um avatar de ferro
no lugar de colo de mãe
era o escudo da força
que você imprimiu no meu peito

Eu fui andando,
pernas amputadas
eu fui andando
migalhas
no lugar de coração
mas eu fui
andando

Na primeira semana
mais de 20 quarteirões
eu queria entender o mundo
sem você

Na segunda
eu chorei dentro do closet
depois que todo mundo dormiu
Na terceira
eu briguei com você na volta da pizzaria
para ver se você respondia
Tudo estava igual
mas tinha cheiro insuportável de ausência

É bonito viver, você não acha, minha filha?

Um dia perguntei para minha mãe se ela amava meu pai quando se casou com ele em 1979, nessa mesma igreja que escolhi para fazer sua missa de sétimo dia. Ela me respondeu que amava, mas que depois veio o primeiro problema de saúde dele e ela pensou: "Eu achava que aquilo era amor, mas não, hoje sim. Aquilo que eu achava que era amor não era. ***Amor é isso***".

"Meu ponto, minha filha, é que quando a gente acha que chegou no limite do amor ele sempre estica mais um pouquinho. E isso acontece quando ele é de verdade".

Eu achava que amava minha mãe, até que meu pai morreu e nos vimos juntas, lutando para voltar a sermos felizes. E conseguimos. E então ela adoeceu, e meu amor se agigantou a ponto de celebrar cada conquista que ela alcançava: um bom dia, um olhar, ou simplesmente quando ela falava meu nome. Pronto, já estava feliz.

Num desses últimos dias, enquanto eu penteava seu cabelo, ela me disse uma frase completa e inesquecível: "É bonito viver, você não acha, minha filha?"

Foi bonito ser filha dessa mulher elegante, amiga, divertida e que se entusiasmava com qualquer gesto de carinho. No velório, todos a descreviam como alguém que sabia reconhecer aquilo que era belo. Na verdade, o que era belo mesmo era a forma dela amar e celebrar a vida.

Tenho certeza de que seus netos a fizeram muito feliz, e ela soube agradecê-los partindo logo após eles a colocarem na cama. Encantada com a cena, fotografei. Meu passado e meu futuro num laço eternizado numa cena inesquecível. Não sabia que seria a última vez, mas é bonito viver, não é, mãe? Você estava certa. E agradeço por ter sido generosa comigo fazendo um desmame gradual da vida e indo aos poucos.

Deixo aqui meu agradecimento às cuidadoras Veronica, Patrícia, Néia, Dulce, Gertrudes e Alcione, que cuidaram tão bem dela no final da vida. E também à fisio-respiratória Denise, à fono Angélica e à T.O. Patrícia, por toda a dedicação.

O amor se estica mesmo e alcança as pessoas que fazem com que o percurso do luto seja menos cruel. Tem um ditado africano que diz que é preciso uma aldeia para criar uma criança. Foi preciso uma aldeia para me ajudar a me despedir da minha mãe. E a elas sou eternamente grata, assim como a minhas tias e primas, a minhas amigas eternas, ao meu marido, Daniel, e aos meus filhos, Francisco e Ana Chiara.

Foi por causa da avó de vocês que eu aprendi a amar e a ter prazer em ser mãe. Lição que tento executar no nosso lar, honrando essa rainha-mãe.

Me despeço com um amor infinito, que espero que se amplie e chegue numa espiral até o céu, como um beijo de boa-noite de mãe, antes de adormecer. Boa-noite, mãe, durma com os anjos e encontre o papai. Fico por aqui com tudo que você me deu, dentro de mim.

E cada verso meu será / para te dizer / que eu sei que vou te amar / por toda a minha vida.

novembro

A filha perdida

Quando vem a dor da saudade
eu abraço
e deixo ela me levar
como se estivesse
num carrinho de montanha-russa.
Em alta velocidade.
Aguento a volta do looping.
Às vezes sai da boca um grito mudo.
Que eu sei que você
não vai vir socorrer.
Sinto raiva
muita raiva
descem as lágrimas
enxurrada.
A montanha-russa para.
É hora de descer.
As crianças têm aula.
É preciso trabalhar.
Falta papel higiênico
e lustra-móveis.
Vou comprar flores.
Passou
mais
um
dia
e eu não despenquei.

A bailarina na corda bamba

Escrevo porque não me caibo.
Minhas palavras são meus instantes.
Grama suave onde me deito.
Orvalho delicado.
Não penso que me exponho assim.
O que tenho em mim guardado
quando vira frase está transformado.
Minhas palavras saem da minha pele.
Escrevo para respirar,
desaguar lágrimas
desengasgar.
Letras abraçam aquilo que dentro de mim me deforma.
Letras me dão forma;
palavras, oxigênio.
Olho para o papel: Liberdade.
Nas linhas da folha branca a grafia se equilibra
[numa dança suave.
Sou um funâmbulo no picadeiro
caminhando na corda bamba
da linha do caderno.
Olho para baixo, abismo.
Olho para cima, um teto colorido.
Caminho na linha reta.
Escrevo com meu chão aberto,
sigo ereta.
Eu e a caneta: duelo.

Letra e papel: dueto.
Caneta na mão,
vara de condão.
Malabarismo.
Começa a sessão do circo,
há um leão a ser domesticado dentro de mim.
Tenho medo da sua boca escura.
Enfrento.
Caneta na mão vira espada.
Encontro a rima,
Sou bailarina.
Escrevo à procura de um equilíbrio.
Pra sossegar o jazz do meu coração. Escrevo. Ponto.
Palavras que se sintonizam, harmonia, sossego.
Escrevo, esse é meu ponto. De encontro.
Escrevo, pois a tela da vida não me basta e
[ao mesmo tempo me afoga em água.
Escrevo como quem coloca legenda numa cena de
filme.
Escrevo, logo existo.
Escrevo, logo persisto.
Minhas palavras são pontes,
eu e o mundo.
Pontes que atravessam o tempo e o espaço
[e chegam até o céu.
Nas palavras seguimos:
Eu e você.
Na vida eu enxergo:
Eu sem você.

Se eu escrever seu nome ao lado do meu,
em algum lugar caminhamos de mãos dadas. Ainda.
Estamos unidas agora por um outro cordão:
a linha do papel.

Onde escreverei teu nome,
eternamente.

Outro almoço

Você pedia doce de figo
com uma colher de requeijão.

Hoje a saudade amargou desde cedo
e eu quis esquentar o coração.

Encontrei nas bolinhas cristalinas cor de jade
um outro jeito de almoçarmos juntas
na segunda feira.

E o figo virou diamante.

fevereiro

Negociação

O pedaço mais difícil da saudade
é o silêncio que tenho que acomodar
quando vejo algo de belo
e não posso te contar.
É como engolir um bloco quadrado de gelo
e ainda assim continuar o dia.
O gelo derrete e vira lágrima,
então de algum jeito você está presente em mim.
Em cada gota que atravessa minhas bochechas.

Metade amputada de ti

Eu tinha onze anos. Meu pai contava que eu cheguei na cozinha, deitei na mesa e simplesmente adormeci. Não tinha ouvido a conversa, ou não me lembro de ter ouvido, mas ele narrava a cena. Uma criança de onze anos deitada no mármore gelado marrom, adormecida, repousando em cima das mãos. Dizia que uma criança pode perceber facilmente a densidade do clima emocional. E que essa cena havia ensinado isso.

Naquela tarde você tinha descoberto que precisaria tirar um seio. Me disse que tinha uma bolinha de gude em um, e uma bola de tênis no outro, e que ambas teriam que ser retiradas. Não conseguia entender muito bem como é que você tinha engolido a de tênis, a de gude até que sim. Devo ter dormido como uma forma de recusa, não sei bem.

Então, um tempo depois, eu cheguei da escola e você estava em casa, toda esquisita com uma roupa tão marrom quanto a mesa da cozinha e um saquinho de onde saía um líquido de dentro de você, era alaranjado, chamava dreno.

Minhas tias te dando banho. Eu lembro bem. Até hoje detesto marrom.

Ao longo desse mesmo ano, fui ficando mocinha, e um só seio cresceu. Ficamos iguaizinhas. O outro era preguiçoso, veio um ano depois. Eu chorava com medo de ficar com um só. Não sei como você conseguia me consolar, estando na mesma situação. Adolescentes sabem ser egoístas e olhar apenas para sua própria dor. Mas as boas mães, não. Você me acolhia mesmo passando por cima da sua.

O plástico não quis operar e você também não aguentava outra cirurgia, você dizia. Há trinta anos era uma cirurgia gigante a reconstrução mamária após câncer.

Mas você usava uma prótese que comprava numa loja na avenida Rebouças chamada Mama Amiga. Lembro de irmos juntas e a moça explicar onde você acomodaria seu seio de plástico no bojo do sutiã. Você estava preocupada com o alfinete e as medalhas de Nossa Senhora que usava presos na alça.

Mãe do céu, para que tantas Nossas Senhoras, eu dizia quando você ia pro banho e eu via seu sutiã repousado no mármore. Você ria e dizia que era carola. E eu ria de você.

Um dia perguntei para o papai o que ele achava de você não ter operado e ter optado por ficar com um só seio. Ele sentado no sofá de couro da sala, assistindo televisão, abaixou o volume. Respondeu que começou a te achar ainda mais forte, e que por isso o amor só aumentou.

Achei a declaração de amor mais linda que eu já ouvi.

Cheiro de gaveta

Naquela manhã eu acordei com um alfinete rasgando meu coração. A primeira hora da manhã e a última antes de dormir são como um pedágio da dor para o enlutado. Não há como passar ileso por elas.

Fui até a casa dela, esvaziar mais gavetas, cheirar mais roupas feito um cão faminto de saudade. O ritual de ficar nos armários é, curiosamente, reconfortante. Eu deixava tudo fechado, para o cheiro não sair. Para, quando abrisse a porta, vir uma lufada de ar bem forte, um vento materno.

Punha toda dor pra fora nesse ritual catártico, ridículo, patético. Mas todas as cartas de amor são ridículas e este livro-carta é assim, meio ridículo como é a ridícula ideia de nunca mais te ver, mãe. (o melhor título de livro dos últimos tempos, definitivamente).

No meio dessa cena toda, exageradamente triste, abri a gaveta de lingerie, e lá estava ela: a prótese. Intacta. Cor de pele. Nela tinha até um mamilo para tentar imitar um seio. Era o seio da minha mãe.

Fiquei agradecida, pela tal bola de tênis ter dado lugar àquele pedaço de plástico. Pensei que plásticos demoram muito mais para se decompor que corpos. E que talvez, aquele pedacinho dela fosse um conforto deixado para mim. Uma bobagem, eu sei. Mas me fez bem pensar assim. Sobrou para mim o seio da minha mãe. E isso vale mais que medalha de Nossa Senhora. Mãe do céu. Minha Senhora.

maio

Nossos laços

Você tinha essa mania que me irritava.
Quando desembrulhava presente,
pedia que eu guardasse a fita de cetim.
Eu achava que era mesquinhez sua.

Você enrolava a fita, com todo o cuidado.
Enfiava uma agulha para que ficasse redondinha.

Quando abri sua caixa de costuras,
círculos de fitinhas coloridas olhavam para mim.
Parecia um arco-íris de alianças
ou aqueles doces feitos de várias cores, compridos,
que vendem em tenda de festa junina.

Eu sorri.
Me achei uma adolescente implicante.
E te achei linda e generosa.

Percebi que você deixava um pedacinho
[daquilo que tinha ganhado, para alguém.
Porque você transformava fitas que iam para o lixo
em presentes para aniversários futuros.

Hoje eu enrolei a fita do panetone, pensando no Natal
ou numa festa de criança que pode chegar a qualquer
momento e eu precisar enfeitar o
[embrulho de última hora.

Você sabe como é né, mãe?
Ser mãe é estar sempre preparada para imprevistos.
Eu quase te ouvi dizer: "Não pode deixar a peteca cair!".
Guarda o lacinho de cetim, filha.

Coloquei-o, enrolado, numa caixinha bonita.
Um círculo perfeito, mas eu não tinha agulha para
[deixar firme, como você fazia.

Ainda assim eu gostei do nosso gesto.
Seu laço está em mim.
Um nó de marinheiro que o luto não rouba,
costurado com a agulha da memória.

A case of you

"O agudo precisa de espaço. É preciso abrir o caminho para aquilo que exige um pouco mais de nossa voz", disse Roberta, a professora de canto. "Abra bem a boca, deixe entrar o ar, se acostume com esse outro som que sai de dentro você. Expanda o peito para sentir, não tema a força da nota. Apenas se entregue a ela."

Parecia interpretação de psicanalista, mas era, na verdade, um conselho de professora.

Após vinte anos, a mulher decidiu retomar as aulas de canto. Foi preciso ganhar da prima, de aniversário, um mapa astral para que ela se lembrasse desse assunto.

"O que você faz de hobby?", perguntou a astróloga. "Seu ascendente precisa que você exercite seus hobbies."

Achou aquilo uma bobagem, pois no fundo não acreditava em nada, e ao mesmo tempo acreditava em tudo. Mas a tal frase ficou rodando na cabeça da mulher como aqueles sabiás laranjeiras que passam a cantar às três da madrugada quando começa a primavera.

Havia respondido para a astróloga que seu hobby era fazer caminhadas. Mas ouviu como resposta: isso não é suficiente. Então decidiu que era hora de voltar a cantar. Algo que tinha começado a fazer aos dezenove anos, numa escola de bairro, quando saía da faculdade. Foi o que a salvou de uma depressão após um término de um namoro. Gostava de cantar a música "Paralelas", de Belchior. "No Corcovado, quem abre os braços sou eu/

Copacabana, essa semana o mar sou eu/ como é perversa a juventude do meu coração/ que só entende o que é cruel, o que é paixão."

Agora ela estava adulta, seu coração era definitivamente menos perverso com ela mesma e menos cruel. Tinha mercado para fazer, cartolina de filho para comprar, aniversário de criança para buscar, festa de tia-avó para prestigiar. Mas não, ela não tinha um hobby.

Então se lembrou de como um dia gostou de cantar. E procurou uma escola perto de casa, para não atrapalhar nem o trabalho, nem o almoço dos filhos.

Na primeira aula, a professora perguntou o que ela gostava de cantar. Ela respondeu: Joni Mitchell. A professora achou ousada a nova aluna, mas topou tocar "A case of you" no piano: "I could drink a case of you/ and still be on my feet/ I would still be on my feet".

Quando encontrou Joni em sua voz, ainda que fosse uma imitação barata, lembrou-se da moça que saía correndo da faculdade para as aulas de canto, ali perto da rua Maria Antônia, lugar onde um dia seu pai também foi jovem.

Na apresentação de canto de fim de ano, escolheu "Coisas da vida", de Rita Lee, composta quando a cantora perdeu a mãe. Cantou com o coração, agradecendo o ano que finalizava. Tinha tirado força do útero para terminá-lo e estava orgulhosa de seu fôlego.

Na graduação, um professor costumava dizer que, quando criança, dormimos com os braços para cima, livres e entregues, e que ao longo da vida, conforme apanhamos do destino, vamos dormindo encolhidos, cada vez mais.

Foi disso que se lembrou quando abriu o peito, dando espaço para o agudo. Ao cantar, não era apenas para o agudo que estava dando espaço, mas para uma outra versão de si mesma. As outras facetas que andavam perdidas entre ondas interestelares.

É preciso abrir o caminho para ressuscitar aquela que já fomos e que ainda habitam dentro de nós. Certa vez, estudando sobre Roma, ouviu que a cidade era uma mina de si mesma, ou seja, dentro de si sua história sempre pode ser reencontrada. Somos minas de nós mesmos. Não podemos desistir daquilo que um dia nos fez brilhar os olhos. Bendita astróloga, bendita Roberta, bendita Joni Mitchell, bendita Rita. Bendito é o fruto de vosso ventre, mãe. A coragem que herdei de ti.

Éramos três. Caconde, 333

Eu fecho a porta
Da casa onde cresci
Deixo nas paredes
Risadas
Brigas
Lágrimas
No lado esquerdo do sofá
meu pai assistindo televisão
Óculos pretos
Mudança ininterrupta de canal
Volume alto
Ensurdecedor
Cantando na chuva na sessão da tarde
West side story na madrugada
Ópera com macarrão ao funghi
no almoço de domingo
Lasanha no inverno
Doce de marmelo em calda
para as visitas importantes
Uma conversa antes da siesta de meu pai
Ao lado de seus pés, na cama
Deixo o gato na colcha de piquê
que foi vendido como macho
mas era fêmea
Dayse por seis meses
Whisky por quase doze anos

No meu quarto deixo as risadas das amigas
conversas secretas no telefone
A casa da Barbie na varanda
e sua piscina que bombava água e fazia espuma
Vieram outros gatos
outras festas
Exames abertos
Esperança de cura
Desilusão
Recomeço
Fim
Na cozinha ficará minha mãe
comendo doce de figo
no meio da tarde
E nos corredores
deixarei seu passo apressado
Chinelo batendo no mármore
tão vivo quanto
era o pulsar de seu coração
A força de suas mãos
abrindo a cortina
ao chegar do trabalho
Anéis grandes para esconder
a artrose dos dedos
mãos cheias de veias,
que eu nunca mais verei
As flores que ela tanto cuidou
seguirão no jardim.
Na parede do quarto

os santos que intactos
testemunharam seu fim
Imortais tal como divindades
devem vencer
"Heaven/ I'm in heaven"
cantava meu pai no banho
Hoje eu quem canto para ele.
Noites de pesadelo
em que eu levava meu colchão
para o quarto de meus pais.
Aprendi com destreza arrumar a cama na madrugada
à procura de abrigo
Nunca me faltou sono
quando o colchão estava aos pés dessa cama
Fecho a porta da casa em que cresci
Meu refúgio
Meu santuário
Meu colo
assim como um dia
vocês arrumaram um mundo
para me receber
Hoje desarrumo o nosso mundo
para que possamos nos despedir
Tudo isso muda agora para o meu peito
tal como divindades em meu ser
Deixo meus pais
para nunca mais
fecho a porta
me despeço dessa mesma sala

e abro outra para uma nova vida
oferecendo a meus filhos um novo cenário
onde possam crescer

Numa casa com o mesmo número, 333.

junho

A última canção

Completa-se hoje o ciclo do meu ano do pensamento mágico. O primeiro de uma eternidade sem mãe. Decidi caminhar na volta de uma festa, o clima ameno de ontem, a noite leve, tudo lembrava exatamente a noite da despedida.

Fui acordada na madrugada: sua mãe. Perguntei se ela estava passando mal e ouvi: morreu. Corri para ela, como uma criança pedindo socorro por ter se machucado no recreio. Deitamos juntas na cama, pela última vez. Cantei para ela "Eu sei que vou te amar", por pelo menos meia hora. Acariciei seus cabelos e beijei suas bochechas. Era uma última canção de ninar.

Nossos dois corpos, encaixados pela última vez. O mesmo encaixe que me trouxe ao mundo, agora eu a devolvia para o universo.

Num sonho na mesma noite, a carregava no colo e a oferecia para uma cachoeira. Beijava-lhe a testa e soltava os braços. Ela estava de branco, como se estivesse sendo batizada. Era o tal "revés de um parto".

Ontem, chorei na caminhada, mas não foi de saudade só. Foi de alegria por ter conseguido. Por ter sustentado esse ano todo com as pernas firmes. Foi como se tivesse terminado minha maratona da orfandade. (Os livros tornaram esse ciclo menos solitário).

O ano do pensamento mágico é um ano de luta e metamorfose de uma mulher.

Essa semana encontrei uma carta dela para as irmãs, durante uma viagem, na qual ela contava orgulhosa que tinha conhecido museus, e estava encantada com a arte renascentista.

Dizia ter ido ao cabeleireiro do hotel, feito o cabelo e a unha para celebrar seu aniversário. E que o pianista do restaurante disse que ela era uma beautiful lady e havia cantado parabéns para ela. Fico pensando se onde ela está, tem alguém encantado com sua elegância.

Por aqui eu canto, parabéns para nós, mãe. Foi um ano duro mas bonito também, de luta e coragem. Realmente, a arte do renascimento é magnifica. E eu sigo ainda encantada por essa vida que você me apresentou.

She was a really beautiful lady.

Helena Cunha Di Ciero
é formada em psicologia pela PUC-SP e especialista em psicoterapia psicanalítica pela USP. Psicanalista e membro efetivo da Sociedade Brasileira de Psicanálise de São Paulo, é colunista da revista *Amarello* e autora de *Instantes de dentro.*

Publicado mediante acordo com a agência Mil-Folhas

Edição e revisão Bruno Zeni
Capa, projeto gráfico e impressão tipográfica Sílvia Nastari
Imagem das guardas Acervo pessoal da autora

Dados Internacionais de Catalogação na Publicação (CIP)
(Laura Emilia da Silva Siqueira – CRB 8-8127)

Cunha Di Ciero, Helena
O que exerguei quando seus olhos ficaram opacos / Helena Cunha Di Ciero. 1ª. ed. – São Paulo: Editora Quelônio, 2024. 72p.; 13x20 cm; costura manual, capa em papel artesanal, impressão em tipografia.

ISBN 978-65-87790-86-2

1. Ficção: Literatura brasileira 2. Literatura brasileira: poesia
I. Ciero, Helena Cunha Di. II. Nastari, Sílvia. III. Degani, Rafaela.

13-202416 CDD 869.91

Índices para catálogo sistemático:
1. Ficção: Literatura brasileira
2. Literatura brasileira : poesia
869.91

Editora Quelônio

Rua Venâncio Aires, 1072
Vila Pompeia / São Paulo - SP
CEP 05024-030
www.quelonio.com.br

9 786587 790862

Fontes: Abril Fatface e ITC Giovanni Std
Papéis: Algodão Vinho (Moinho Brasil) e Pólen Bold 90g/m^2
Impressão do miolo: Pigma
Impressão da capa: Tipografia Quelônio
São Paulo, novembro de 2024